길에서 시를 줍다

길에서 시를 줍다

양성우 시 | 강연균 그림

랜덤하우스

제 1 부
사랑이 나에게 오다

12   꽃을 보면

14   산 그림자 저절로 일그러지는 것도

16   오늘 나는 아름다운 사람을 만나고 싶다

18   오직 한 사람

19   사랑이 나에게 오다

20   행복한 사람

21   죽도록 너를 사랑하다가

22   내 마음의 천사

24   내가 그곳에 가지 않았더라면

25   네가 나를 떠난 지 오래이지만

26   옛사랑에게

27   나에게 남은 것은

28   내 아내는 힘이 세다

제 2 부

붉은 내 마음 하나

사랑한다는 말 한마디　32

너에게 가리　33

누군가의 그리움이 되고 싶다　34

마음 하나　36

변하지 않는 것　37

2월의 시　38

그의 산으로　40

오늘 같은 날에는　42

한 줌의 흙　44

별을 옮겨서라도　46

눈물의 시　47

제3부

내 안에서 우는 사람

50   나를 버린다

52   아무 생각도 없이

53   어떤 후회

54   지나온 길

56   내 안에서 우는 사람

57   그림자 놀이

58   개화리에서

60   사람도 나무와 같아서

61   희로애락

62   저마다의 인생

64   가을비 속에서 잎들에게

65   신촌에도 해가 진다

제4부

누구에게나 절정은 있다

한여름날 숲길에서　68

세상의 어느 것 하나도　69

그곳은 아직도 사람이 살 만한가　70

좋은 사람은 오래 머물지 않는다　71

물푸레나무 같은 사람　72

청와대 앞길에서　74

지푸라기 되어 바람에 묻어온 사람들이　75

누구에게나 절정은 있다　76

네가 깃털처럼 가벼워져서　78

상수리나무에게　79

바람을 따라가는 길에　80

제 5 부
그리움 여기 다 모여

84   노랑꽃창포

85   무량사 달빛

86   비 오는 날

88   토함산

90   초여름 월곶리

91   낙산사 타던 날

92   진달래 능선

94   벌판으로

96   나무들이 나에게 말을 걸어와

97   여의도에서

98   흰 상사화

99   길에서 시를 줍다

100   **시인의 말**

1부

사랑이 나에게 오다

꽃을 보면

꽃 앞에서는 오랜 외로움도 잊는다.
아무도 없이 혼자서 끝없는 사막을 가다가도
꽃을 보면 온갖 두려움이 사라진다.
길 위에 쓸쓸히 누운 마른 잎들 너머
곱게 핀 노란 가을꽃 한 송이가
슬픔을 기쁨으로 바꾸고,
때로는 몸을 부려 쓰러진 사람을 살린다.
더욱이 이슬을 머금은 붉고 흰 꽃잎 사이에서는
누구나 눈을 감아도 알 수 있다.
깊고 애틋한 사랑은 어디에서 오는가를.

산 그림자 저절로 일그러지는 것도

저 강물이 잔물결로 쉼 없이 흐르는 것도
나와 같이 너를 한순간도 잊지 못하는 까닭이리.
물안개 스치는 연초록 긴 둑길,
여린 풀잎들이 저마다 뒤척이며 두런거리는 것도
나와 같이 너를 몹시 그리워하는 까닭이리.
희고 붉은 꽃잎들은 어찌하여 여기저기
흐드러지게 피는 것이냐
저 꽃잎들이 소리 없이 피었다가 지는 것도
나와 같이 너를 가슴 깊이 사랑하는 까닭이리.
저 강물에 산 그림자 저절로 일그러지는 것도
나와 같이 너의 모습 머리카락 하나도 지우지
못하는 까닭이리.

오늘 나는 아름다운 사람을 만나고 싶다

오늘 나는 아름다운 사람을 만나고 싶다.
내 안에 넘치도록 가득 찬 너.
네가 있으므로 나는 너무나도 행복하다.
내가 네 안에서 모조리 부서지고
흔적도 없이 사라지고 싶구나.
매우 짧은 만남도 기쁨이 된다면,
시간을 넘어서 이어지는 끝없는 만남은
그 기쁨이 얼마나 클 것인가?
오늘 나는 아름다운 사람을 만나고 싶다.
만나고 돌아서도 언제나 다시 만나고 싶은
너.

오직 한 사람

길고 푸른 줄 넝쿨처럼 몸에 두르고
흰 꽃밭을 지나 천 리를 가면서도
네 그리움에 울었다.
오직 한 사람.
저 멀리 너에게 가서 닿는 것이라면
찬 마루 위에 소리 없이 눕는 달빛마저도
눈물겨웠다.
눈앞이 안 보이는 거친 눈보라,
벗은 나무 끝에서도 네 이름을 불렀다.
산그늘 짙은 깊고 가파른 곳.
아무도 없이 나 혼자 바람에 흔들리며
네 그리움에 울었다.
오직 한 사람.

사랑이 나에게 오다

사랑이 나를 찾아오다.
높은 바위산
깊고 푸른 물을 건너
사랑이 나에게 오다.
그림자도 없이
빈 숲 가느다란 나뭇가지를
흔들고
누운 잎들을 스치며 오는
아름다운 이여.
어디인지도 모르는
먼 곳을 떠나
거친 들 붉은 언덕을 넘어
사랑이 나에게 오다.
내 안의 잔물결 재우는
무척 편안한 사랑.

행복한 사람

사랑하는 사람이 있는 사람은 행복하다.
사랑하다가 그 자리에서 죽을지라도
티 없이 사랑하는 사람이 있는 사람은 행복하다.
누군가를 사랑하는 사람은 행복하다.
사랑하다가 죽어서 전설이 되는 사람은
더욱 행복하다.
언제라도 사랑하는 사람들에게 잊혀지지 않는
아름다운 사람은.
오늘은 두꺼운 얼음 위에 맨살로 누워도
사랑을 찾아서 어디론가 돌아갈 곳이 있는
사람은 행복하다.

죽도록 너를 사랑하다가

너를 향한 나의 사랑은 시작과 끝이 없는 것.
네 안에서 고스란히 영혼을 태운 뒤에는
이름 없는 들꽃 한 송이로도 다시는 돌아올 수 없어도
뜨거운 내 마음을 아무도 누르지 못하리.
죽도록 너를 사랑하다가
어느 날 아침 내 몸이 안개처럼 흩어져버릴지라도
뜨겁고 붉은 내 마음을 아무도 누르지 못하리.
그래도 너와 나의 운명의 시간은 속절없이 흐르니,
언젠가는 아득히 홀로 가는 먼 길을 어찌하리.
사랑한다는 아픔이여.

내 마음의 천사

하늘은 너를 왜 이제 나에게 보냈을까?
연둣빛 봄 수풀 사이로 다가오는 너.
너의 사랑이 나를 적신다. 짙고 애틋한
너의 사랑이.
이슬이 되어 빗물이 되어 나를 적신다.
몸속 깊이, 영혼까지도.
황토빛 얇은 산자락, 어린 풀 눕는
작은 들 자욱한 물안개 되어 나를 적신다.
눈물겨운 너의 절절한 사랑이 내 가슴을
적신다. 함초롬히.
너, 눈부신 내 마음의 천사.

내가 그곳에 가지 않았더라면

내가 그곳에 가지 않았더라면
너를 어찌 만났을까?
내가 마음의 상처 위에 술을 붓고
절망의 늪 속에 죽은 듯이 누워 있다가
그날 그곳에 가지 않았더라면.
너와 나의 사랑의 시작은 차마 짐작도
못했을 것을.
세상의 인연이 없는 모든 것들이
아무도 모르는 사이에 서로 멀리 엇갈려
지나가듯이,
내가 그곳에 가지 않았더라면
살아서는 너를 만나지 못했을 것을.
내가 어느 깊고 쓸쓸한 골짜기의
마른 잎을 흩날리는 한 가닥 바람이라서
그날 그곳에 가지 않았더라면.

네가 나를 떠난 지 오래이지만

네가 나를 떠난 지 무척 오래이지만
나는 너의 그림자 하나 지울 수 없다.
별처럼 많은 날들이 가고 또 가도
너와 나의 시간들은 멈추어 있는 것일까?
차라리 낮이라면 잊을 만하지.
밤이 되면 눈앞에 떠오르는 네 모습이
오히려 또렷하니,
네가 아무리 멀리 떠나 있다고 하여도
나는 네 눈빛 하나 지울 수 없다.
내 가슴의 밑에 고인 너의 눈물
한 방울도 지울 수 없다.
네가 나를 떠난 지 무척 오래이지만.

옛사랑에게

우연이라도 너를 만나야겠다.
무척 오랜 뒤에도 잊을 수 없는 한 사람.
만나서 두 팔로 너를 힘껏 껴안고 싶다.
그때는 네가 귀 기울여 듣고자 해도
내 입으로는 한마디 말하지 않으리.
내가 어찌 마음의 어둔 길을 걸었는지를.
그래도 내 안에 가득히 설움이 차오르면
눈물 대신 겉으로는 환하게 웃어야지.
너는 내 영혼의 변하지 않는 긴 그림자.
너와 나의 하루가 아무리 고단해도
사랑만 있으면 사는 것이 아니던가.
어느 곳에서라도 몹시 그리운 너를 만나
그 모습을 하염없이 바라보고 싶다.

나에게 남은 것은

세상의 아픔들이 모여서 한 곳으로 흐르는가?
저 깊은 강물을 건너지 마라.
나에게 남은 것은 너의 사랑 하나뿐이다.
내 몸을 에워싼 모든 것들은 순식간에 사라지고
나에게 남은 것은 너의 사랑 하나뿐이다.
애틋한 너의 사랑.
내 안의 모든 꿈들이 하얗게 부서져 땅에 누워도
네가 그다지 크게 슬퍼하지 않음은,
오직 너의 사랑 하나 나에게 남아 있는 까닭이라.
어느 곳에 가서 눈물 없는 사랑을 하고 싶으냐?
저 푸른 강물을 건너지 마라.
나에게 남은 것은 너의 사랑 하나뿐이다.

내 아내는 힘이 세다

그녀는 힘이 세다.
내가 아무리 오랫동안 진흙을 밟고 아득히
먼 곳을 떠돌지라도
그녀는 줄곧 내 몸을 끌어당기니까.
마치 허공에 돌을 던지면
그것은 다시 땅으로 떨어지듯이,
나는 그녀에게서 날마다 떠나지만
어김없이 그녀에게로 돌아갈 뿐이다.
내가 죽어서도 틀림없이 내 영혼은 그녀 곁에
머물 것이다.
그녀의 그림자가 그녀를 떠나지 않는 것처럼.
오직 나에 대한 줄기찬 사랑만으로
온갖 시련과 맞서는 그녀는 매우 힘이 세다.
그녀의 이름은 내 아내이다.

2부

붉은 내 마음 하나

사랑한다는 말 한마디

가슴속에서 우러나는 곱고 따뜻한 말 한마디는
누구에게나 힘이 되고 신명이 된다.
보아라, 사랑한다는 말 한마디가 사람을
어떻게 움직이는가를.
눈앞이 캄캄한 눈보라 속에서도
잔잔한 속삭임으로 마음을 붙드는 이가 있다면
아무도 길 위에 쓰러지지 않는다.
오직 생각만으로는 모래알 하나도 굴릴 수 없지만,
부드럽고 진실한 말 한마디는
남의 영혼까지도 크게 흔든다.
대개의 말들은 그 즉시 허공으로 사라져도
어떤 것은 땅에 깊숙이 뿌리를 내리는 것이니,
몸 안의 불같은 열정을 숨기지 말고 말하라.
참으로 사랑한다는 말 한마디가 인생을 바꾸리라.

너에게 가리

저기 푸른 물결 큰 바다를 건너
너에게 가리.
온 가슴 가득히 그리움에 젖어서,
굽이굽이 마른 풀밭
살아 있는 불의 산을 넘어서 가리.
얼음벼랑도 두렵지 않아라.
이끼 묻은 나뭇가지
분홍의 꽃잎 흔드는 여린 바람으로
햇살로
네 곁에 오래 머물 수만 있다면,
아직도 그 산에 솟는 불길
자욱한 연기 속을 지나서 가리.
네가 있는 곳.
천길만길 깊은 물 밑을 걸어서
너에게 가리.

누군가의 그리움이 되고 싶다

시간은 어느 한 줄기도 거꾸로 흐르지 않는다.
지나간 날들은 이미 내 안에서 사라지고
나에게는 오직 무수한 앞날이 있을 뿐이다.
절망의 끝에서 오는 모든 시간들도 낱낱이
영원의 바다에서 만난다.
아무도 없는 어둔 곳에서는 입속으로 두런거리는
혼잣말도 부질없다.
내 한 몸을 누르고, 끊임없이 세상을 껴안으면서
누군가의 숨막히는 그리움이 되고 싶다.
일만 번도 더 누군가를 뜨겁게 사랑하고 싶다.

마음 하나

내 손에 아무것도 가진 것 없으므로
뜨거운 내 마음 하나 너에게 주마.
아직은 먼 길 위에 지친 내 몸이지만,
그래도 함부로 꺾지 못할 꿈이 있다.
네 안에서 다 타고 흔적도 없이
사라진다고 하여도,
불타는 내 마음 모두 너에게 주마.
외로워하지 마라.
붉은 내 마음 하나 너에게 준다면
내 마음이 곧 네 마음이 아니겠느냐?
지금 내 손에는 아무것도 없고
오직 너를 사랑하는 마음 하나뿐이므로
뜨거운 이 마음을 모두 너에게 주마.

변하지 않는 것

온 세상의 것들이 다 변해도 변하지 않는 것은,
겨울이 가면 봄이 오고 썰물 뒤에는
밀물이 오는 것.
그리고 너를 사랑하는 내 마음.
산이란 산이 줄지어 무너지고 바다란 바다가
하얗게 마른다고 해도
변하지 않는 것은 너를 사랑하는 내 마음.
저 들녘의 어여쁜 풀꽃들이 피고 지는 것과는
상관없이
내 안에 내 넋 속에 가득히 넘치는 사랑의 마음.

2월의 시

네 안에서 안개처럼 흩어지고 싶다.
몹시도 수줍은 너.
눈 녹은 산비탈 붉은 흙 위에 내리는
여린 햇살같이
산산조각으로 네 안에 부서지고 싶다.
연초록의 긴 꿈에 젖어 있느냐?
잎 없는 숲 한가운데에 누우리라,
네 가슴 뛰는 소리를 들으며.
가느다란 나뭇가지 끝에 걸려 있다가
바람도 없이 떨어지는 물방울로
너에게 스며들고 싶다.
2월 어느 날 그리움이 넘치는 날 하루,
차디찬 땅속에 맨살로 뒤척이는 너
숨은 봄.

그의 산으로

그의 산으로 가고 싶다.
그가 숨은 멀고 푸른 봄 산.
밤이 되면 그를 따라 산길을 걷고,
낮이면 그와 함께 풀숲에
누우리라.
그의 산으로 가고 싶다.
어진 꿈 하나로 오른 눈물겨운
그의 산.
손 시린 맑은 물가에
흰 꽃잎 눈처럼 지는 어느 날,
그가 낮고 그윽한 목소리로
열 번을 묻고 백 번을 물어도
사랑한다고 대답하리라.

오늘 같은 날에는

오늘 같은 날에는 어느 고즈넉한 숲으로 가서
작은 풀잎 끝에 반짝이는 이슬로 맺히고 싶다.
여린 바람결이 스쳐 지나가는 산골짜기,
허공을 가리우는 키 큰 나무들 사이
참 밝은 햇살로 스며들고 싶다.
너무나도 맑아서 오히려 수줍은 계곡물,
푸른 이끼 덮인 바위들을 돌아서 흐르는
그칠 줄 모르는 그 물소리이고 싶다.
이 세상에 상처 없는 삶이 어디에 있겠는가?
오늘 같은 날에는
사랑을 이루지 못하여 숲에 숨은 이들의 슬픈
노래이고 싶다.

한 줌의 흙

한 줌의 흙이 되어 네 곁에 눕는다.
네 슬픈 넋 곁에.
내 몸 흔적도 없이 다 녹은
차디찬 한 줌의 흙
숨 없는 곳에서는
영원히 변하지 않는 사랑도 있는가?
희고 붉은 꽃 한 송이 없는
아무도 못 보는 깊고 어두운 곳.
네 곁에,
네 슬픈 넋 곁에 눕는다.
내 몸 흔적도 없이 다 녹은 한 줌의
흙이 되어 흙 속에.

별을 옮겨서라도

언젠가는 나에게도 그리움의 끝 날이 있을까?
무척 이른 봄날 밤의 빈 숲이 되어 너를
기다리마.
바위가 되어서.
잎도 없는 나뭇가지에 곱고 흰 꽃잎들이 문득
솟아오르듯이
네가 다시 돌아올 때까지.
이 가슴에 비바람 치고 눈물이 가득 찬 날,
산을 넘어 강을 건너 아득히 떠나간 너.
옷깃 스치는 소리도 없이 온 들에 활짝 피어나라.
오직 너를 기쁘게 하마.
아무리 날아서도 닿지 않는 먼 하늘의 별을
옮겨서라도.

눈물의 시

나의 시는 눈물이었네.
모든 젊은 날들을 떠돌며 쓴 나의 시는
눈물이었네.
사금파리 날 세워
살을 긁듯이 벽을 긁으며 남몰래 쓴
나의 시는 눈물이었네.
그 눈물의 시,
깊고 검은 방 가득히 넘쳐흘렀지.
목숨을 건 사랑도 끝이 있는가?
아무도 듣는 이 없는 곳에서
혼자 부른 나의 노래는 눈물이었네.

3부

내 안에서 우는 사람

나를 버린다

어제의 오래된 나를 오늘 버린다.
들 끝에 산비탈에 나를 버린다.
바람에 날려서 물 위에 뿌려서
나를 버린다.
가슴 깊이 상처입고 일그러진 나.
먼지였던 것, 모래였던 것,
바람이었던 것까지도 버린다.
아무래도 이곳은
내가 다시 올 곳은 아닌가 보다.
풀잎 위에 바위틈에 나무 밑에
나는 아무것도 아닌 것으로
잠깐 동안 머물다가 사라지고 싶다.
어제의 오래된 나를 오늘 버리고.

아무 생각도 없이

아무 생각도 없이 하루를 보내고 싶다.
아무 생각도 없이.
지나가버린 것들로 인한 후회라든지
연민, 그리고 온갖 아픔들을 덮어두고
오늘 하루 나에게서 잠깐 사라지고 싶다.
그렇지만 왜 슬픔과 기쁨은 번갈아
내 안을 넘나드는가?
마치 그림자처럼 줄곧 따라오는 인연들과
심지어 이름 모를 미움과 분노까지도
고스란히 놓고,
아무 생각도 없이 오늘을 보내고 싶다.
심지어 눈에 안 보이는 먼 앞날에 대한
희망이라든지 사랑마저도 씻은 듯이
지워버린 채.

어떤 후회

그동안에 나는 물처럼 흐르지 않았다.
물살을 거스르는 물고기같이
나는 거꾸로 흐르고,
혹은 한 곳에 오래 머물거나 맴돌았다.
내가 한 곳에 오래 머물거나 맴돌지 않고
물처럼 쉼 없이 흐르고 또 흘렀다면,
지금쯤은 이미 저 바다에 닿았을 것을.
저 바다에 부서지는 흰 물결 하나로.

지나온 길

지나온 길이라면 남김없이 지우고 싶다.
그것들이 때로는 그리움이 될지라도
먼 산모퉁이 굽이돌아 숨게 하고,
어느 때일까
몸을 털고 떠나온 곳으로 다시 돌아간다고 한들
이미 힘들여 밟지 않은 다른 길로 가자.
처음 만나는 운명이 산그늘로 다가와 길게 누워도
꿈 하나만 있다면 그 무엇이 두려우랴.

까마득한 앞길에 우거진 가시밭 깊은 수렁이
없기를 바랄 일이다.

내 안에서 우는 사람

누군가 내 안에서 울고 있다.
꿈을 잃고
저무는 산, 깊은 수풀 속에서
길을 잃고 울고 있다.
먼 희망마저 꺾인 뒤에
아득히 지나간 날들을 돌아보아
무엇 하리.
두꺼운 얼음, 캄캄절벽에서
목숨 걸고 뜻 나눈 이들
이미 떠나고,
어스름 길게 누운 외진 들녘
새 그친 검은 강가에,
물안개 자욱이 내리는 내 안에
혼자 우는 그는 누구일까?

그림자 놀이

티브이도 없던 우리 어렸을 적에
밤이 되면 등잔불 곁에서 그림자놀이를 했지.
두 손을 깍지 끼고 손가락을 모두
굽혔다가 폈다가 하면서
토끼도 만들고 늑대도 만들고 김삿갓도 만들어서
벽에다 커다랗게 비추곤 했지.

사람이 사는 것이 다 그런 것인지도 몰라.
벽에 비추는 커다란 손 그림자놀이인지도 몰라.

개화리에서

운명을 한번쯤 고스란히 믿어볼까?
먼 앞날을 못 보는 줄 알면서도
제 이름 석 자를 돌에 새긴들 무슨 소용이랴.
죽어서 흔적을 남기기보다는
살아서 깨끗하고 구김 없이 지내야지.
붉은 해 지는 개화리,
검푸른 여름 산 밑 칙칙한 물풀들도 한때인 것을.
차라리 진흙 속에 꽃으로 피어나라.
산다는 것이 누구에게나 시간의 불길로
몸을 태우는 것이라면.
넋만이라도 처음의 그대로 가지고 가자.
마치 손금처럼 그어진 제 길을 따라서.

사람도 나무와 같아서

사람도 나무와 같아서 누구에게나
봄 여름 가을 겨울이 있는 것을.
절망의 끝이라면 땅을 짚고 일어서라.
네가 무심코 밟는 가랑잎들도
새잎을 돋우려고 스스로 떨어졌느니.
진눈깨비 눈보라가 몹시 두려우냐?
영혼으로만 살면 낭떠러지 두꺼운
얼음 위에서도 죽지 않는다.
삶 속에는 어김없이 여러 고비가 있고,
그것을 이기는 힘은 사랑뿐이라는 것을
깨닫기까지는
너에게도 쓰라림이 그치지 않으리라.
문득 네 가슴에 남모르는 슬픔이
가득히 차오르거든,
나무처럼 그 자리에 곧게 서서
또다시 오는 봄을 기다려볼 일이다.

희로애락

하루에도 여러 번 희로애락이 겹치는구나.
내 삶의 길은 어찌하여 단 한 곳도 제대로
고르지 못하는가?
모든 굽이마다 기쁨과 즐거움보다는
노여움과 슬픔이 먼저 오는 것은 언제나
내 탓이다.
어느 누가 제 꿈을 이루고 싶지 않겠느냐?
무엇인가 쉴 새 없이 내 몸을 끌어내리지 않는다면,
나는 새처럼 허공에 떠 있을지도 모른다.
그렇지만 저 푸른 나무들의 운명처럼
내 그림자를 내 손으로 옮기려 하는 것도
또한 공연한 일이다.
날마다 내가 묻혀 허우적거리는 희로애락의
거칠고 큰 물결 속에서.

저마다의 인생

누구에게나 저마다의 인생이 있다.
사람이 세상을 잠깐 스쳐 지나가는 것이라면,
짐작도 못할 먼 앞날들을 염려하는 것도
부질없다.
오직 손안에 가진 것의 많고 적음만으로
사람을 나누지 않는 곳으로 가는 거칠고 험한
길 위에서는 더욱이.
그래도 너나없이 살아가는 까닭이 있고,
그것이 온갖 시련을 이기는 힘이 된다.
가슴의 저 밑바닥에 오래 고인 눈물을 태우는
불길까지도.
제 눈으로만 남들을 바라보지 마라.
누구에게나 저마다의 때가 있다.
이름 없는 풀잎들에게도 시퍼렇게 어우러지는
봄날이 있듯이.

가을비 속에서 잎들에게

초록의 너희들과도 이제 헤어져야겠다.
내 가슴속에 무수한 잔물결로 출렁이고,
오늘 하루 쓸쓸히 찬비에 젖는 잎들.
차라리 소리도 없이 스스로 지고,
언제나 그렇듯이 어지러이 허공에 날리겠지.
겹으로 누운 잎들 위에 또다시 누워서도
변하지 않는 사랑을 꿈꾸려무나.
때로는 머물 곳도 없이 물을 따라 흐르고
흙먼지 길 위에 이리저리 구른들,
어느 누가 너희들의 발자국을 지울까?
돌아보지 마라. 나 여기 오래 남으마.
저 나무들의 긴 잠 뒤에 너희들 도란대며
돌아올 때까지.

신촌에도 해가 진다

큰길 옆 오래된 대학의 쓸쓸한 빈 교정,
뾰쪽한 회색 지붕들 위로 어스름이 내린다.
사람들은 서둘러 집으로 가고,
찬 바람에 밀려오는 침묵이 오히려 낯설다.
지난날 이곳에서 몸을 던져 아우성치던
그들은 다 어디로 갔을까?
어느 시절에나 깊은 아픔은 있고
그것은 돌무더기처럼 가슴에 쌓인다.
피땀 흘려 애써 닦은 길 위로 무척 교활하고
어두운 것들이 먼지처럼 휘몰려 갈 때에는
더욱이.
이미 멀리 떠나간 젊은 그들 다시 못 오는
신촌에도 해가 진다.
비스듬히 누운 저 뒷산 자락에 촘촘히 선
잎 벗은 나무들 위에도 어스름이 내린다.

4부

누구에게나 절정은 있다

한여름날 숲길에서

이 여름날 저 수풀이 유난히 무성함은
어디쯤인가 가을이 오고 있다는 뜻이리.
이 골짜기에 새 우는 소리 낭랑하고
흰 물줄기 흐르는 소리 가득함은
어디쯤인가 가을이 오고 있다는 뜻이리.
사람에게도 누구나 때가 있다고 하던가.
어쩌다가 세상을 거머쥔 사람들
드디어 때를 만나 무리 지어 희희낙락하느냐?
검푸른 이 골짜기의 저 나뭇잎들이
한여름 동안에는 아무도 가을이 오는 것을
미리 깨닫지 못하는 것처럼.

세상의 어느 것 하나도

세상의 어느 것 하나도 혼자 오는 것은 없으리.
누군가 이곳에 그들을 보낸 뒤에도
끊임없이 마음을 주고받고 있을 터이니까.
모든 여자들과 바닷물이 아무도 모르게
달에 닿아 있는 것처럼.
어느 것 하나도 이곳에 혼자 오는 것은 없으리.
마른 나뭇가지에서도 봄이 되면 초록 잎들이
피어나듯이
어디에선가 그들을 이곳에 보내는 이가 있고,
쉬지 않고 마음을 주고받는 이가 있으리.
나란히 깊은 하늘을 날으는 저 새들,
바람에 눕는 풀잎들마저도 먼 별에서 온 것들이라면,
그들의 마음도 지금 그 별에까지 닿아 있을까?

그곳은 아직도 사람이 살 만한가

그곳은 아직도 사람이 살 만한가.
그곳에는 마음이 선한 사람들이 짐작보다 훨씬 많고
몸 흔드는 기쁨이 언제나 슬픔을 덮는가.
그곳에는 누구나 겉모양보다 속사람을 높이 사며,
겸손하기보다는 교만하기가 더욱 어렵고,
서로 애써 낮아지려고 하는 탓으로
높이 앉는 일이 결코 자랑일 수 없는가.
—차라리 너나 나나 처음부터 가랑잎이라면,
흙먼지 위에 누워도 아무렇지도 않은 것을……
그곳에는 먹구름 궂은 날보다는 오히려 햇살 아래
온갖 꽃잎들 화들짝 피어나는 날들이 더 많은가.
그곳은 아직도 그 손에 아무것도 못 가진 사람들이
오직 티 없는 사랑 하나로 어울려 살 만한가.

좋은 사람은 오래 머물지 않는다

좋은 사람은 오래 머물지 않는다.
너무 아름다운 그의 넋을 붙들지 마라.
별이 그의 이름을 부르고
바람이 그를 데려가리.
그의 긴 발자국들도 모래에 묻히고
먼지에 덮이리라.
그의 몸이 바위가 아니라면, 나무가 아니라면,
눈 시린 햇살들이 또 그를 데려가리.
너의 운명을 그에게 걸었느냐?
그에게 닿은 마음의 끈을 놓으라.
푸른 물을 건너고 언덕을 넘어 그가
네게 올 때에 이미 그는 너를 떠났으니.
잠깐 머물다가 사라지는 어느 봄날처럼.

물푸레나무 같은 사람

나는 아직도 여전히 그를 잊지 않았다.
그 가슴 깨끗하고 따뜻한 사람.
칠흑의 긴 어둠 속에서도 빛으로 넘치고,
살얼음 위에서도 붉은 뜻 하나로 꼿꼿한 이.
칼의 때가 지나가고 도둑의 때가
오는 것을 미리 알았는가.
문득 회오리 흙먼지 바람이 불기도 전에
올 때처럼 총총히 떠나간 사람.
오늘도 이곳에 살아남은 사람들 너나없이
입 다물고
혹은 거짓에 편들고 몸을 사릴 때,
무척 재빠르고 낯 두꺼운 사람들 앞다투어
눈웃음치며 어디론가 몰려간 뒤에도,
깊이 파여 갈라진 슬픔의 땅
주름살진 못 가진 이들로 인하여 눈물짓던
그를 나는 아직도 잊지 않았다.
한여름날 참 맑은 물가에 구부정히 서 있는
넓은 잎 키 큰 물푸레나무 같은 그 사람.

청와대 앞길에서

저녁 어스름이 깔린 청와대 앞길을 걷는다.
드높은 담을 따라 나란히 선 큰 나무들이
을씨년스럽다.
웬일인지 중심에 선 사람들이 세상을 흔드니,
기우는 나라에 이미 책을 읽고 글을 쓰는
사람들까지도 그 넋을 팔았느냐?
차라리 풀숲에 숨어서 우는 풀벌레라면
스스로 어느 바람의 앞잡이가 된들 누가 탓하랴.
아무도 한꺼번에 먼눈으로는 깎아지른
벼랑을 보지 못한다.
그곳이 비록 죽음보다 더 깊은 곳일지라도.
칼끝 같은 검푸른 잎들의 희롱이 넘치고
온갖 교만이 무리 지어 흐르는 이 길,
전혀 터무니없이 옳지 않은 것들 앞에서는
목숨을 걸고 맞서던 젊은 옛사람들이 그립다.

지푸라기 되어 바람에 묻어온 사람들이

세상의 중심에서 벗어나야겠다.
매우 날쌔거나 교활한 사람들에게 이곳을 맡기고
조금쯤은 멀찍이 비켜서자.
언젠가는 그들의 교만이 그들을 꺾고
그들의 혀끝이 그들을 묶으리라.
시간은 아무 곳에도 멈추지 않는다.
누구나 진흙 위에 우뚝이 혼자 선들
나중에는 담장 너머 여린 풀꽃 한 송이 못 보는 것을.
먼 곳에서도 기쁨과 슬픔이 경계를 이루는가.
지푸라기 되어 바람에 묻어온 사람들이
어느 날 문득 흔적도 없이 사라진다고 해도.

누구에게나 절정은 있다

누구에게나 한 번쯤은 절정은 있다.
그것은 마치 높은 산봉우리와 같아서
사람이 오랫동안 머물 수는 없지만.
아무리 긴 시간도 영원에 비하면 순간일 뿐.
어느 봄날 아침 햇살에 화들짝 피었다가
금세 지는 꽃이 더욱 아름답다.
거기에 당당히 서 있는 동안에는 대개
눈앞의 벼랑 끝이 보이지 않아도,
왕성한 초록의 나뭇잎들처럼
절정 위에서는 언제인가 쓸쓸히 가랑잎으로
땅에 누울 것을 미리 염려할 일이다.

네가 깃털처럼 가벼워져서

네가 요즘 세상을 만났구나.
너마저 좌우로 몸 흔들며 거들먹거리다니.
아무리 목마르고 굶주렸다 하여 네가
갑자기 그래서 쓰나?
몸을 굽혀 더러운 힘에 붙고 아첨하여
만고에 처량해지고 싶으냐?
무엇이 그렇게 다급하여 허겁지겁 덤비느냐?
하필이면 네가 깃털처럼 가벼워져서
남에게 교만하고 너마저 속이다니.
네가 이제라도 눈을 뜨고 돌아온들 차마
산 입에 거미줄을 치겠느냐?
너에게도 세월은 마치 화살과도 같으니,
다 끝나는 날을 미리 염려하라.

상수리나무에게

여기 산비탈에 얼마나 오래 참고 서 있었을까?
작은 새 우짖는 소리에도 한마디 말도 없는
너 상수리나무.
무시로 치는 비바람이 네게는 너무나 성가시더냐?
살아 있는 것들이라면 하나같이
몸은 변해도 영혼은 변하지 않는다.
이끼 묻은 바위틈에 물 흐르는 소리 잦아들고
길고 무덥던 여름날은 끝났으니,
너 가만히 소곤거리듯이 말해도 좋으리.
무엇이 이 숲 속에 와서 수천 수만의 저 잎들을
한꺼번에 지게 하는가를.

바람을 따라가는 길에

죽는다는 것은 다 타고 재가 되는 것!
무엇이 급하여 저 잎들은 한꺼번에 땅에
눕는가?
바람을 따라가는 길에 흔적을 남겨서
무엇 하리.
살아서 이미 살이 썩고 뼈들이 마디마디
녹아 흐르는 것을.
물에 젖고 부서져 가루가 되기 전에
몸부림치며 사랑하고 슬퍼하라.
사람도 저 마른 잎들과 같이 때가 되면
산그늘에 속절없이 누우리라.
새 우는 소리도 그친 쓸쓸한 빈 골짜기에.

5부

그리움 여기 다 모여

노랑꽃창포

웬일일까? 지난날의 네가 그리우니.
이슬을 머금고 움튼 꽃잎들 눈부신 너.
여린 바람결에 잔물결 이는 소리에도
너는 수줍어했지.
낮은 산모퉁이를 에돌아 흐르는
맑은 여울물 가에 머리 푼 노랑꽃창포.

무량사 달빛

세상의 그리움이 여기 다 모여
달빛으로 흐르는가?
저 밝은 달빛을 너에게 주마.
늦가을날 밤 무량사에 와서 보는
고운 달빛.
저 달빛을 너에게 주마.
겹으로 두른 검은 산 너머
희고 굽은 강물 아득히 지나
네가 있는 곳.
그곳에서도 보이느냐?
키 큰 나무숲의 긴 그림자,
마른 잎 지는 소리도 함께 보내마.
저 밝은 달빛을 너에게 주마.
네 젖은 그 눈으로 하염없이
바라보려무나.

비 오는 날

둥지 없는 작은 새들은 이런 날 어떻게 지낼까?
나비들은, 잠자리, 풍뎅이, 쇠똥구리들은
이런 날 어떻게 지낼까?
맨드라미, 나팔꽃, 채송화…… 그리고
이름 모를 풀꽃들은 어떻게 지낼까?
그칠 줄 모르고 이렇게 하염없이 비가 오는 날에는,
죽도록 사랑하다가 문득 헤어진 사람들은
어떻게 지낼까?

토함산

토함산 산안개 속에 혼자 서다.
함초롬히 젖은 저 나무들의 모습이 낱낱이
다른 것은,
이 산마루 바위굴에 앉은 부처의 마음이
늘 고르지 못한 까닭인지도 모른다.
오늘도 갈 곳 없이 떠도는 자여.
사람으로 살아서 움직이는 시간들이
영원에 견준다면 아무것도 아니지만,
참으로 우연히 이곳에 잠깐 왔다 가는 일이
왜 이다지도 고달픈가?

초여름 월곶리

한나절 굽고 긴 강둑을 지나서
월곶리 가는 길.
나란히 선 버드나무 햇볕에 졸고,
물 잡은 논바닥에 개구리 울겠네.
어느새 또다시 모내기철이 되었는가.
여기저기 흙 고르는 경운기 소리
들리면,
늙은 해오라기 외롭게 날고
마을 앞 여울물에 다 벗은 아이들
벌써부터 첨벙이겠네.
아직은 산그늘 깊지 않은
보리 팬 푸른 언덕을 지나서
부지런한 사람들 모여 사는
월곶리 가는 길.
온 산비탈에 아카시아꽃이 피겠네.

낙산사 타던 날

낙산사 타던 날,
나는 낙산사에 가지 못했네.
겹으로 누운 산 너머에
우두커니 서서
그 시뻘건 불길 하나
밟지 못했네.
키 큰 소나무 숲 눕히는
미친 바람 한 가닥도 잡지 못하고
속수무책으로 발 구르고
가슴만 태웠네.
슬픈 낙산사,
이끼 묻은 그 돌탑.
단청 고운 절집들은 그림자였나?
낙산사 타던 날,
이미 다 그을려 숯이 된
부처 앞에
나는 찬물 한 그릇 들고 가지
못했네.

진달래 능선

세상을 떠난 이들 여기 다 모여 꽃이 되었나.
이른 봄 산등성이 굽은 나무 잔가지 아래
눈 시리게 핀 진달래꽃.
아직도 무슨 미련이 그리 많아서 오늘도
얼굴 붉히며 이승을 굽어보는가.
뜻을 못 이룬 마음의 상처들이 어찌
살아서 움직이는 동안에만 쓰리고 아프랴.
그것은 누구나 죽어서도 지울 수 없는 것이려니.
저 분홍의 작고 여린 꽃잎들이
밝은 햇살 아래 잠깐 피었다가 지듯이
사람에게도 무한하고 영원한 것은 없다.
남김없이 영혼을 태우는 아주 특별한 사랑마저도.
다시는 돌아오지 않으리라,
멀고 아득한 곳으로 홀홀 털고 떠난 이들,
그곳에서도 혼자 있으면 너무도 쓸쓸하여
무리 지어 이 산길에 흐드러지게 꽃으로 피었나.

벌판으로

저 벌판에 내가 가리라. 온갖 근심들 다 지고
내가 가리라.
무릎 찬 물여울을 건너 돌자갈을 밟고
붉은 흙 젖은 길 따라 내가 가리라.
어느 거친 바람결에 뽑혀 누운
죽은 나무 흰 등걸들을 지나 수풀을 헤치며
내가 가리라.
내 안의 모든 상처 아직도 아물지 않았느냐?
넋 두고 몸 하나로 내가 가리라.
가다 보면 그 어디에 머물 곳 없으랴.
거친 바람 저 벌판에 내가 가리라.
땅 끝 너머 아득히 머리카락 하나 보이지 않는
먼 곳으로.

나무들이 나에게 말을 걸어와

나무들이 나에게 말을 걸어와
이 비탈에 나란히 서 있자고 한다.
눈 쌓인 산그늘에 벗은 나무로
팔 벌리고 우두커니 서 있자고 한다.
나무들이 나에게 말을 걸어와
이 비탈에 어울려 서 있자고 한다.
바람이 불면 바람에 흔들리고
눈보라 치면 눈보라를 맞으며
자는 듯이 우두커니 서 있자고 한다.
깊은 아픔 뒤에 기쁨이 오듯이
검고 거친 저 벌판을 가로질러서
초록의 잔물결로 다시 오는 날을
기다리며
이 비탈에 나란히 서 있자고 한다.
나무들이 나에게 말을 걸어와.

여의도에서

바람 한 점 없이 무더운 이 여름날 아침
지하철 5호선 여의도역 3번 출구,
가파른 계단 옆 벽에 붙은 부고장 한 장.
"마포 도화동 리어카 열쇠쟁이가 굶어 죽었다.
부줏돈 가져와라."

오늘따라 길 건너 높은 빌딩 앞마당의
불볕 아래 피어 있는 분홍꽃 배롱나무꽃이
왜 이렇게 고운가?

흰 상사화

외딴섬 언덕 위에 피어 있는 흰 상사화.
그리움이 너무 깊어 온몸이 바랬나.
언뜻 부는 바람에도 네 가냘픈 꽃대가 꺾일라.
살아서는 또다시 못 만나리.
저 푸른 물 끝 너머 아득히 떠나간 이.
그 모습 한 가닥도 지울 수 없어
아무도 몰래 몸을 떨며 눈물짓는가?
잎 다 진 뒤 바닷가에 홀로 핀 슬픈 상사화.

길에서 시를 줍다

나는 길에서 시를 줍고 숲에 가서 낳는다.
숲 속에서 아기를 낳던 옛 인디언 여인들처럼.
매우 뼈아픈 삶이 시를 만들고
깊은 시름이 노래가 된다.
흔적도 없이 사라지는 것들로 인한 허망함이여,
나를 흔들지 마라.
내가 어둔 길을 홀로 걷고,
얼음 위에 누워서도 꿈을 꺾지 않음은
굳이 한순간만을 살고자 함이 아니니,
눈물을 머금고 숨죽여 읊은 나의 시들이
손톱만큼도 세상을 못 바꿀지라도 무슨 상관이냐.
아무도 없는 거친 길 위에서 줍고,
오랜 몸부림 끝에 내 몸으로 낳은 것들이라면.

마음의 힘을 나는 믿는다. 그것이 한 사람을 사랑하고 염려하는 여러 사람들의 마음의 힘이라면. 어떻든 지금까지 내가 이곳에 살아남아 있는 것도 그와 같이 여러 사람들의 마음의 힘이 그치지 않고 움직여온 결과가 아닐까.

더욱이 내가 넘어질 때 애써 붙들어주고 쓰다듬어주는, 그 이름을 생각만 해도 가슴 뭉클한 이들의 눈물겨운 마음의 힘.

거기에 손끝이라도 닿아보려는 심정으로 지난 3년여 동안에 틈틈이 써 모은 것이 여기에 실린 나의 시편들이다. 그것도 요즘 흔히들 그렇게 하듯이 시류에 재빠르게 얹혀 가는 것이 아니라 오히려 거스르는 듯한 시쓰기를 고집하면서.

그러면서 나는 나의 모든 말들이 시가 되고 노래가 된다면 참 좋겠다는 생각을 한다. 물론 내 삶 속에서는 그럴 수 없으니 서글퍼하면서도, 그것보다 먼저 내가 쓴 시편들이 읽는 이들에게 작은 기쁨이라도 되기를 바라는 마음이 앞서서 이렇게 주섬주섬 묶어보는 것이리라.

여기 이 시집에 그림을 그린 강연균 화백은 수채화로 일가를 이룬 우리 화단의 독보적인 인물이며, 그가 내 고등학교 동창생이요 옛 벗이라면 그 인연이 얼마나 귀하고 아름다운가. 오직 나를 위하여 시간과 열정을 아낌없이 쏟아준 그가 너무도 고마울 뿐이다.

그리고 오래 거듭하는 천신만고를 견디면서 묵묵히 내 뒷바라지를 해오는 아내 정순과, 딸 율희와 아들 솔휘에게 더 큰 사랑을 보내며, 선뜻 이 시집을 엮어준 이경철 주간을 비롯한 랜덤하우스 가족들에게도 감사를 드리면서, 부디 이 책이 알게 모르게 나를 아끼고 사랑하는 모든 이들에게 조그만 보람이 되기를 희망해본다.

2007년 어느 봄날
양성우

시의 그림들

1부 사랑이 나에게 오다

꽃을 보면
꽃, 종이에 수채, 22.0×30.0cm, 2003

산 그림자 저절로 일그러지는 것도
누드, 종이에 수채, 56.0×38.0cm, 2006

오늘 나는 아름다운 사람을 만나고 싶다
사랑, 종이에 수채, 22.0×30.0cm, 2003

내 마음의 천사
포옹1, 종이에 수묵 채색, 53.0×37.0cm, 2004

내 아내는 힘이 세다
포옹2, 종이에 수묵 채색, 75.0×56.0Cm, 2006

2부 붉은 내 마음 하나

누군가의 그리움이 되고 싶다
어름밤, 종이에 수묵 채색, 36.0×26.0cm, 2007

2월의 시
섬진강변의 봄, 종이에 수채, 72.0×53.0cm, 2004

그의 산으로
동복조춘, 종이에 수채, 72.7×60.6cm, 2001

오늘 같은 날에는
숲길, 종이에 수채, 21.0×28.0cm, 2006

한 줌의 흙
불두, 종이에 수채, 36.0×26.0cm, 2007

3부 내 안에서 우는 사람

나를 버린다
새, 종이에 수채, 22.0×30.0cm, 2004

지나온 길
만추, 종이에 수채, 36.0×26.0cm, 2006

개화리에서
수련, 종이에 수채, 36.0×51.0cm, 2006

저마다의 인생
유년시절, 종이에 수채, 36.0×26.0cm, 2006

물푸레나무 같은 사람

파초, 종이에 수채, 70.0×100.0cm, 2001

누구에게나 절정은 있다

모란, 종이에 수채, 28.0×21.0cm, 2006

바람을 따라가는 길에

매향리 설경, 종이에 수채, 36.0×27.0cm, 2005

5부 그리움 여기 다 모여

비 오는 날
새집, 종이에 수채, 21.0×28.0Cm, 2006

토함산
여물통, 종이에 수채, 51.0×36.0Cm, 2006

진달래 능선
도라지꽃, 종이에 수채, 28.0×21.0Cm, 2006

벌판
말안장, 종이에 수채, 51.0×36.0Cm, 2006

강연균

광주 출생으로 조선대 미술학부에서 공부했으며, 1970년 첫 개인전을 시작으로 「강연균 수채화전」(전일화랑, 광주), 「강연균 수채화 초대전」(롯데미술관 이전 개관기념, 서울), 「강연균 수채화 30년전」(광주시립미술관, 서울동아갤러리) 등 다수의 개인전과 「아시아 현대미술제 초대전」(동경도미술관, 일본), 「한국 현대미술 초대전」(국립현대미술관, 서울), 「제24회 서울올림픽 기념 한국 현대미술 초대전」(국립현대미술관, 과천), 「광주전남미술 50년전」(조선대학교미술관, 광주), 「제6회 Asian Water Colors '91 Seoul」(한원갤러리, 서울), 「현대미술 40년의 얼굴전」(호암갤러리, 서울) 등의 단체전에도 작품을 다수 출품했다. 1996부터 1998까지 광주광역시립미술관 관장을 역임했으며, 제9회 금호예술상, 광주오월시민상, 보관문화훈장, 광주시민예술대상 등을 수상했다. 현재 광주미술상 운영위원회 운영위원과 중국 노신미술대학 명예교수로 있다.

양성우 시화집
길에서 시를 줍다

초판 1쇄 발행 2007년 4월 10일

시 | 양성우
그림 | 강연균

발행인 | 양원석
주간 | 이경철
기획 · 진행 | 조윤정
디자인 | co*kkiri

펴낸곳 | 랜덤하우스코리아(주)
주소 | 서울시 강남구 삼성동 159 오크우드호텔 별관 B2
홈페이지 | www.randombooks.co.kr
편집팀 전화 | 02-3466-8913
판매팀 전화 | 02-3466-8955
등록 | 2004년 1월 15일 제2-3726호

값 8,500원

ISBN 978-89-255-0787-3 03810